LUCIEN,

EN BELLE HUMEUR;

OU

CHOIX DE SES DIALOGUES

LES PLUS GAIS,

EN FORME DE SCÈNE, ET EN VERS LIBRES.

Mis au jour par M. DE PHILARMOS.

Ridendo dicere verum. (HORAT.) Il dit la vérité en riant.

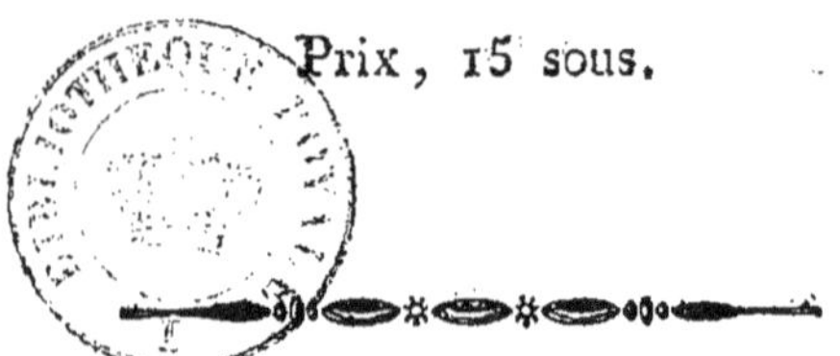

Prix, 15 sous.

A PARIS,

CHEZ LEROUGE jeune, Imprimeur, Cour du Commerce, Maison de Rohan ;

Place Cambrai, N°. 10, chez l'éditeur M. DE PHILARMOS.

Et chez les Marchands de Nouveautés.

1806

RENCONTRE AU JARDIN DES PLANTES.

Bon jour, Polydore.—Bon jour, Philarmos.—J'allais te voir, mon ami.—Eh bien, la rencontre est bonne.—On ne peut plus agréable.—Pour tous les deux, j'espère.—Ma foi oui.—Je parie que tu n'as pas encore songé à ce que tu m'as promis.—Quoi ! les Dialogues de Lucien.—Précisément.—Qu'a-t-il donc tant, cet auteur, pour te charmer?—Comment peux-tu me dire cela, toi qui vas puiser à si bonne source ; pour moi je l'aime à la folie.—Il est vrai qu'il est un des meilleurs Esprits de l'antiquité.—Oui certes, et plus j'y réfléchis, plus je trouve cet auteur tout à-la-fois enjoué et profond; j'avais cru d'abord, comme bien d'autres (il est vrai que je le lisais alors assez superficiellement), que Lucien ne voulait amuser que par des plaisanteries ; mais en y regardant de plus près, j'ai bientôt reconnu que notre auteur, sous le voile d'un badinage léger, et de ses allusions fines, cachait les plus sublimes vérités.—Que d'adresse dans ses allégories, que de gaîté dans son style.—Ce qu'il y a de certain, c'est qu'il donne de fortes leçons de sagesse, tout en paraissant ne dire que des bagatelles—(*Castigat ridendo mores*).—Tu l'as dit.—Il paraît avoir été le partisan de la philosophie transcendante des anciens, qui, d'après les considérations les plus élevées, ont reconnu le dogme de l'immortalité de l'âme, et conséquemment une existance au-delà de celle-ci ; la nécessité des élaborations du cœur de l'homme ; la simplicité de vie, comme une des voies de la perfection; et l'insouciance du corps et de la matière, comme le moyen de se perfectionner plus promptement.—C'était effectivement la philosophie de Socrate, de Platon, et de tous les grands personnages de l'antiquité ; ils ont pensé que les hommes n'étaient pas nés pour se fourber les uns les autres, mais pour s'entr'aider amicalement ; et qu'au fonds toutes les allures de fortune, de grandeur, de science et de plaisirs, n'étaient réellement que des hochets d'enfans, indignes de passionner un homme sage, et de lui faire perdre de vue de plus hautes considérations.—Tu te rappelles, sans doute, de la barbe du philosophe, dans l'un des Dialogues que tu m'as demandés.—Oui.—Qu'en dis-tu ?—Qu'elle figure assez bien le masque de l'hypocrisie, fort belle en dessus, et fort laide en dessous.—Tu vois les choses adroitement.—Et l'insouciance de Ménipe pour son corps et pour la matière !—Cette insouciance, elle indique le dévouement d'un homme de bien pour le système de la perfection humaine.—Bravo, je vois que tu sais lire ton auteur, et voici ce que tu désires; oui, mon cher Polydore, je suis d'avis avec toi, que Mercure est le ministre de la nature, Caron celui de ses transformations, Ménipe un vrai sage, et Lucien l'orateur enjoué de la plus haute sagesse.

DIALOGUE

CARON, MERCURE, MÉNIPE, CHARMOLÉ,
LAMPIQUE, DAMASIE, CRATON, UN
PHILOSOPHE, ET UN RHÉTEUR,

SUR UN DES QUAIS DU STYX.

CARON.

Messieurs les morts, écoutez, je vous prie;
Je n'ai qu'un petit mot; c'est pour le bien de tous :
Vous le voyez, ma barque est petite et pourrie,
    Et fait eau par mille trous.
Pour peu qu'elle penchât ou de droite ou de gauche,
Au fond de l'eau, chacun plongerait sous la cloche.
     Vous arrivez ma foi,
Comme une armée ici, nombreux et tous ensemble :
    Et chacun, ce me semble,
  Apportant trop de choses avec soi.
     Oui, que votre cohue,
Ainsi chargée arrive et monte sur mon bord,
Je la vois à vau-l'eau, si je n'ai la berlue;
    Et par tant, je crains fort,
Que plus d'un d'entre-vous bientôt ne s'en repentent,
  Sur-tout ceux qui ne savent pas nager.
(Mén.) Mais comment, ô Caron, si les morts vous contentent,
Pourront-ils, sans leur sac, ainsi mieux naviger ?
(Car.) Tantôt vous le saurez : le motif en est sage :
Mais avant tout il faut que vous montiez tous nus
  Dans ma nacelle; et que, sur ce rivage,
Vous déposiez, chacun, vos meubles superflus,
    Ma barque suffisant à peine,
    Pour contenir la douzaine;

Car moins trois, nous sommes tout autant.
            Mais pour toi, mon enfant,
            Mon bon ami Mercure,
Je vais te confier un soin bien important,
Concernant ces gens-ci (N'importe leur murmure),
Garde qu'aucun d'entr'eux ne monte sur mon bord,
            Sans s'être mis nud comme un ver d'abord;
Et comme je l'ai dit : car n'ai pas deux paroles,
Sans avoir jeté loin ses alentours frivoles.
(M.) Suffit. (Ca.) Deux mots encor, Mercure : en bon Argus,
Pour observer nos gens, tiens-toi près de l'échelle
            De ma nacelle :
Et puis, l'un après l'autre, et tous bien reconnus,
Force-les d'y monter, sans poids, dis-je, et tous nus.
(Mer.) C'est bien parlé, Caron, et je vais, je t'assure,
Faire ainsi que tu veux : mais quel est celui-ci,
Que je vois le premier, sans crainte et sans souci ?
(Men.) C'est Ménipe, moi-même, ingénieux Mercure,
Et voici ma besace et mon bâton tout prêts :
Qu'on les jette à l'instant au fond de ce marais,
Mes pareils n'ayant pas inscrit dans leurs coutumes,
            De se jamais ruiner en costumes;
Et font bien : quant à moi, pour affubler ma peau,
Nul vêtement, pas ombre de manteau,
            Non plus qu'un oiseau sans plumes.
(Mer.) Crême des braves gens, monte dans cette nef,
Bon Ménipe, et sieds-toi, près du pilote en chef....
Sur le haut du tillac, d'où tu pourras à l'aise,
Contempler de ces morts, la mine un peu niaise.
Oh! oh! le joli cœur! diable, comme il est beau!
Qu'es-tu donc, beau mignon ? (Ch.) Charmolé de Mégare,
Aimable, on ne peut plus, et dont le doux baiser....
(Mén.) Lui valait deux talens, et sans trop marchander.
        (Mercure, *se retournant vers Ménipe, en riant.*)
            C'est un oiseau fort rare...

Ménipe. (à Ch.) Mais avant de monter ce bateau,
Il te faut commencer, bel enfant de Mégare,
Par déposer à terre, et ces yeux d'Adonis,
Et ces lèvres de rose, et leurs baisers exquis,
Et ces longs cheveux noirs, dont encor tu joues,
Pour enchaîner par-tout les cœurs d'amour épris;
Et ce tendre incarnat, qui colore tes joues,
Et puis finalement tout ce brillant réseau,
Qu'on appelait hier ta blanche et belle peau.
Fort bien, te voilà libre, entre dans la nacelle.
(Mén.) Tien, tien, cet autre fou, ce crâne sans cervelle;
Le vois-tu s'avancer plein de mauvaise humeur.
(Mer.) Je crois qu'aux autres morts il va porter malheur;
Vêtu de pourpre et d'or, il ceint le diadême;
Il a pourtant la mine assez plate, assez blême;
O! dieux! comme il a l'air farouche et malotru!
   Dis, mon ami qu'es-tu ?
(Lamp.) Le tyran des Gélons, le Monarque Lampique.
(Mer.) Un despote en ces lieux ! cela m'étonne fort!...
Lui qui de maîtriser tout le monde se pique;
   Mais pourquoi donc ce favori du sort,
Et si bien accoutré, Lampique, sur ce bord,
Vient-il si plaisamment étaler sa tunique...?
(Lam.) Quoi ! fallait-il qu'un roi vint nud au sombre bord?
Cher Mercure. (Mer.) Non pas un roi, mais bien un mort.
Dépose donc ici, ton attirail comique.
(Lam.) Voilà tous mes trésors jetés au fond de l'eau.
(Mer.) C'est fort bien; mais encore jette à bas, ô Lampique,
Ton faste et ton orgueil, inutile fardeau,
Beaucoup trop lourd enfin, pour notre frêle barque,
Qui, de ce poids chargée, avec toi, beau monarque,
En coulerait quelqu'un assurément à fond.
(Lam.) Ah ! bon Mercure, encor ne fais pas l'affront,
De me priver de mon beau diadême;
  Je t'en supplie, et laisse moi du moins,
    Un seul de mes pourpoints;

Hélas ! si tu savais combien Lampique t'aime !...
(Mer.) Fariboles que ça ! vîte donc, jette moi,
Toutes ces choses loin de toi ;
Et ta démence,
Et ta cruauté,
Ton insolence,
Et ta férocité,
Et ta colère,
Ton avarice, etcétéra :
Qu'en veux-tu faire.....?
Bien loin, dis-je, de toi jette moi tout cela.
(Lamp.) Mercure, le voilà ;
Je suis tout nud, pour un roi qu'elle honte !
(Mén.) Te voilà bien, Lampique, à présent monte.
Et toi, gros et gras et dodu,
Comment t'appelle-tu...?
L'Athlète Damasie.
(Mer.) Tu portes, il est vrai, sa physionomie,
Et je t'ai vu souvent, je m'en rappelle bien,
Lutter dans le palestre. (Dam.) Oui, bon fils de Jupin ;
Tu vois assez, je crois, que seul d'habit je chomme,
Reçois moi donc, je suis un très-bon pélerin ;
Car ne suis-je pas nud. (Mer.) Point du tout, mon brave homme,
De chairs si rembourré, plastronné, Dieu sait comme,
A peine aurois-tu mis un pied sur le tillac,
Qu'aussitôt crac,
La nacelle iroit voir le fond du noir Cocyte,
Laisse donc là, crois moi, couronnes et lauriers,
Tes branches de palmiers,
Et les éloges de ton mérite.
(Dam.) Les voilà, je suis nud : et tu me vois, pour lors,
Divin Mercure, égal en tout aux autres morts.
(Mer.) Aussi te faut-il mieux t'asseoir sur la banquette,
Nud et sans embarras... Monte ainsi, brave Athlète.
A toi, riche Craton,

Avant que d'être admis, dans la barque à Caron,
Il te faut déposer cette grande richesse
    Et cette honteuse mollesse,
    Et cette volupté
    Dont tu fais vanité.
   Ne nous parle pas davantage,
De ton enterrement et de ton sarcophage,
    Non plus que des dignités,
    De tes aïeux titrés.
Laisse-moi là ta naissance et ta gloire;
Et si tes citoyens, un jour, de belle humeur,
T'ont déclaré leur bienfaiteur,
   Si pour honorer ta mémoire,
  Ils ont couvert d'inscriptions d'honneur,
    Les superbes statues
Qu'ils ont fait, sous ton nom, dresser au coin des rues,
Et qu'on t'ait, dans la ville, érigé bien et beau,
   Un magnifique tombeau,
Ne viens pas, si tu veux éviter la risée,
   En étourdir les gens de l'Elisée;
D'ailleurs, le souvenir seul, de ces choses là,
Allourdiraient beaucoup la barque et son cortége.
(Cr.) Ah! c'est bien malgré moi que je quitte cela;
   Mais enfin qu'en ferais-je....?
(Mén.) Eh! pour Dieu, dis, Craton, que viens-tu faire ici,
Armé de pied en cap? y crois-tu l'ennemi?
(Mer.) Dis nous-le; dis pourquoi portes-tu ce trophée...?
(Cr.) Je fus vainqueur, Mercure; et comme un Coriphée,
Entre tous ses guerriers ma ville m'honnora,
   Et de plus m'admira.
Le premier, tu le sais, maîtrisant la victoire,
Je me chargeai le front des palmes de la gloire.
(Mer.) A terre, ce trophée, et sur-tout souviens-toi,
Craton, que la paix règne où Minos fait la loi;
Et qu'au sombre séjour, à l'abri des alarmes,

Il n'est point du tout besoin d'armes.
Mais quel est donc cet autre, à tête vénérable ?
Car il est tel à son extérieur :
Quel sourcil élevé ! quel air supérieur !
Sa barbe épaisse et longue est, morbleu, respectable !
Quel est-il donc, enfin, cet homme indéchiffrable ?
(Mén.) Si l'on veut en juger par son air de hauteur,

        Ma foi, Mercure,

        Je te l'assure,

C'est quelque philosophe, ou mieux quelqu'imposteur.
(Mer.) Comme il est ramparé de fraude et de prestiges !
A voir de la sagesse un tel prédicateur,
On l'en croirait vraiment un des sept grands prodiges.
(Mén.) Mais dépouille-moi ce bizarre étourneau,
Et tu lui trouveras cachés sous son manteau,

       Nombre de ridicules,

Dignes, près de Momus, au moins de cent férules.
(Mer.) Oh ça donc, cher ami ! dépose ton pourpoint ;

      Et puis, de point en point,

      (Je t'en dirai les causes) ;

      Toutes les autres choses,

      Dont tu t'es accoutré.

   (Mén.) Grand Jupiter, quelle jactance !
    (Mer.) Quel pédantisme outré !
    (Mén.) Bon Dieu ! quelle ignorance !
    (Mer.) Et quelle vanité.....!
(Mén.) En veut-on ? en voici des questions difficiles,
   (Mer.) Et des discours biscornus épineux ;
   (Men.) Des sentimens perplexes et douteux,
   (Mer.) Et des milliers de travaux inutiles ;
   (Mén.) De sots rebus, des rêves imbéciles,
   (Mer.) Des plans délicieux, et soi-disant divins ;
    (Mer.) Des bagatelles futiles,
    (Mén.) Et cent disputes sur des riens.
(Mer.) De par Jupin, cet or, ce fiel, cette arrogance,

Et cette volupté,
Et ce ton d'imprudence,
Et cette impertinence,
Et cet air de fierté,
Et ta colère et tes caprices,
Et ta mollesse et tes délices,
Ne m'échapperont pas, bien que tu prennes soin,
De les cacher, sur toi, tous chacun dans leur coin :
Y compris donc tes plus fines malices,
Jette moi ce mensonge, et cette fatuité.
(Mén.) Cette encolure aussi de tant de bons apôtres.
(Mer.) Et cette opinion, et cette vanité,
De te croire toi seul, meilleur que tous les autres.
Prétendrais-tu venir, sur un tel passe-port...?
Il te faut en lester ; mais quoi donc ! tu te pâmes !
Une galère au moins à vingt-six rangs de rames :
Si pourtant, sur son bord,
L'on veut de toi chargé de telles oriflâmes,
Je les dépose donc, puisqu'ainsi tu le veux.
(Mén.) Mais cette barbe encor, si grave, bon Mercure,
Tu la vois de tes deux grands yeux ;
Comme elle est hérissée...., et puis sa chevelure,
Si pleine de boucles, d'ailleurs,
Et frisée en quinconces ;
Oui, sans mentir, messieurs,
Elle pèse au moins soixante onces.
(Mer.) Fort bien, Ménippe. Eh toi ! dépose encor cela.
(Le Ph.) Je le veux bien ; mais qui donc me tondra ?
(Mer.) Ménippe ; et pour ciseaux, rasoir, etcétéra,
Il va d'un marinier te prendre une coignée,
Et bientôt de ta barbe, au raz et par de-là,
N'en ayant fait d'abord qu'une seule poignée,
Sur le haut de l'échelle, il te la coupera.
(Mén.) Non, non, Mercure, je t'en prie,
Donne-moi plutôt cette scie,

Au mieux elle me servira,
Pour rendre encor la chose plus plaisante.
(Mer.) Vas, la coignée est suffisante.
(Mén.) Bravo, Mercure, en vérité,
Tu l'as rendu beaucoup plus homme,
En le débarrassant de sa difformité;
Car il avait, ma foi, bien l'air d'un vrai fantôme.
(Mer.) Vois-tu comme ses yeux sont armés de longs cils,
Voudrais-tu lui couper un peu de ses sourcils ?
(Mén.) Ma foi, c'est parler d'or, où le diable m'emporte;
Car, jusques par-delà son front, il vous les porte,
Et va se prélassant, on ne sait trop pourquoi.
(Mer.) Ah! ah! ah! quoi donc ? tu pleures aussitôt ?
O forfait inoui! ventrebleu, quelle honte !
Pour un Philosophant; quoi! tu fuirais la mort!
Philosophe manqué, dépêche et monte à bord.
(Mén.) Mercure, il cache encor de quoi sous son aisselle,
Qui me paraît bien lourd et sent aussi fort qu'elle.
(Mer.) Quoi donc, Ménipe, quoi? (Mén.) C'est l'adulation,
Mercure, dont brodait sa conversation,
Notre bon Philosophe, aux champs et par la ville,
　　　　Et qui lui fut,
　　　　Tant qu'il vécut,
　　　　On ne peut plus utile.
(Le Ph.) Et toi, Ménippe, aussi,
　　　　Dépose donc ici,
　　　　Et cette hardiesse,
　　　　Et cette gaîté ;
　　　　Cette allégresse,
　　　　Cette générosité,
　　　　Et cette grande liberté,
　　　　De parler, de médire,
　　　　Et de sans cesse rire ;
Car il n'est que toi seul qui, de tes ris badins,
Vas poursuivant tous les autres humains :

Défais-toi donc, te dis-je,
De ce cruel vertige.
(Mer.) Non du tout, il est bon qu'il ait ces choses-là ;
Il nous en amusera,
Et d'ailleurs elles sont à porter si faciles :
Elles pèsent si peu dans leur réunion,
Qu'elles ne peuvent être à tous que fort utiles,
Pendant la navigation.
Pour toi, Rhéteur, laissons ce grand flux de paroles,
Cette loquacité, ces antithèses folles,
Ce faux air de Platon,
De Démosthène et le Cicéron ;
Ces périodes et rondes et quarrées,
Ces hyperboles outrées.....
Et de tes cent discours tout le fort et le fin ;
Ce grand talent de dire et le pour et le contre,
Sur tel sujet qu'on lui montre ;
Et puis tous ces beaux tours de vingt jongleurs ; enfin,
Ce lourd amas de mots, de phrâses importunes,
Qu'aura notre orateur, faits, dans ses quatre lunes.
(Le Rh.) Eh bien ! Mercure, tien,
Les voilà tous jetés. (Mer.) Beau Rhéteur, c'est fort bien.
Appareillons, maintenant, la nacelle,
Délions-là du bord, rapportons-en l'échelle,
Et levons eufin l'ancre. A présent, toi, Caron,
Prends-moi ton aviron,
Viens déployer ta voile,
Et diriger ton canot :
Plein et tout chargé de cet essaim falot,
Et puissions-nous voguer sous une heureuse étoile.
Mais pourquoi pleurez vous,
Sots que vous êtes tous ?
O Dieux quelle grimace.
(Car.) Et toi sur-tout, vieux paillard,
Philosophe d'un liard.... !

(Mer.) Est-ce parce qu'on vient de t'ôter cette crasse,
Cette grande barbe épaisse et longue à faire peur.
          (Le Ph.) Non point du tout, seigneur :
Voulant me démontrer que l'âme est immortelle,
Je songeais aux moyens de prouver qu'elle est telle.
(Mén. *en riant.*) Ah! ah! il ment, Mercure, il ment,
          Et, ce me semble, bien effrontément;
Et je veux qu'Alecto, de son fouet m'apostrophe,
               Si notre Philosophe,
N'a pas en ce moment quelqu'autre chose en soi,
Qui lui tient fort au cœur. (Mer.) Eh quoi, Ménippe, quoi?
(Mén.) C'est qu'actuellement privé de la lumière,
Ce grand homme aux banquets des princes de la terre,
          N'ira plus savourer ces mets délicieux,
          Faits, ce nous disait-il, pour la bouche des Dieux :
Et que, de son manteau, la tête enveloppée,
               Il n'ira plus, à l'échappée,
Fuyant tous les regards, autour des bains, la nuit,
                    Courir à petit bruit,
Après joyeuse nymphe ou gentille nappée,
Pour revenir dès l'aube du matin,
          Nous rançonner en madré pélerin,
Tromper les jeunes gens, et vendre à leur simplesse,
Argent comptant, les fruits de sa haute sagesse;
Voilà ce qui l'attriste. (Le Ph.) Eh bien, Ménippe, et toi,
N'es-tu donc pas fâché d'être aussi mort? (Men.) Qui, moi,
Je le serais fâché... Bon Dieu, comme il raisonne,
Moi qui me suis hâté, sans l'ordre de personne,
               D'accourir sur ce bord,
Comme dans mon paisible, unique et dernier port.
          Mais tandis que nous parlons, de plus belle,
J'entends un certain bruit et de fortes clameurs :
               L'on dirait d'une querelle,
Qui me semble partir de quelques disputeurs,
          Faisant là haut, grand tapage, sur terre,
On croirait à les ouir, que la peste on enterre.

(MER.) Tu dis vrai, bon Ménippe, et c'est dans plusieurs lieux,
Qu'on fait ce baccanal : cent mille hommes joyeux,
Réunis en assemblée,
Rient, à gorge déployée,
De la mort de Lampique, en ce moment, ici ;
Mais sa femme n'en rit pas ainsi :
Car, la pauvrette, hélas ! par vingt femmes saisie, .
Et ses enfans, par d'autres écharpés,
Ils viennent tous d'en être lapidés,
Comme odieux rameaux d'infâme tyrannie,
Tandis qu'une autre foule, en joie à Sycione,
Au Rhéteur diophante, apporte une couronne,
Pour avoir fait un oraison funèbre,
En l'honneur de Craton que voici ;
Et prouvé par Algèbre,
Tout son mérite en raccourci.
Mais de par Jupiter, n'y voit-on pas aussi,
La mère de l'Athlète Damasie,
De chagrin toute remplie ?
Et pleurant
Son cher enfant,
Avec mille autres femmes,
Qui, toutes se lamentant,
A l'envi bien tristement,
Nous font voir qu'elles sont, du moins, de bonnes âmes.
Pour toi, Ménipe, ou tout autre pareil,
On ne voit point, sur vous, pleurer ainsi les dames ;
Mais vous gisez, tous seuls, en paix, au beau soleil.
(MÉN.) Point tant de paix, Mercure,
Ne nous est dévolue, et bientôt, je te jure,
Tu vas entendre au moins trente à quarante chiens,
Barbets et levriers, chiens de cour et de chasse,
Hurlant à faire peur à tous les citoyens,
S'entr'arracher, des dents, les os de ma carcasse :
Et puis figure-toi de l'air, tous ces vauriens,

Ces Corbeaux, ces Vautours, et semblables canailles,
Battant de l'aîle, ouvrir à mon corps cent tombeaux;
Et l'ensevelissant, dans le leur, par lambeaux,
Célébrer, tous joyeux, ainsi mes funérailles.
(MER.) Ton cœur, brave Ménippe, à l'abri de la mort,
Porte une âme au-dessus des atteintes du sort;
Mais nous voilà passés, messieurs les bons apôtres,
Par ce chemin tout droit, allez au tribunal
    D'un Juge impartial,
Tandis que nous, sur l'heure, irons en chercher d'autres,
   Le batelier et moi,
Pour vous les renvoyer subir la même loi.
(MÉN.) Bon vent, Mercure, adieu; pour nous point de grimace.
    Mais avançons de bonne grâce,
Et qu'avez-vous, nigauds? pourquoi donc s'arrêter?
Ne serons nous pas tous, sans pouvoir l'éviter;
Jugés par Radamanthe; et l'on dit que les peines
   Sont fort graves ici, dans ce fatal séjour:
On n'y parle rien moins que de pésantes chaînes,
De rochers, de tourmens, de roue et de vautour;
    Ma foi, gare la bombe,
Et malheur à celui qui, pour ses faits, y tombe;
Car il faut qu'un chacun y déroule à son tour,
Le tableau de sa vie et l'expose au grand jour.

AUTRE DIALOGUE.

ENTRE MERCURE ET CARON.

MERCURE.

Hé! batelier, si bon te semble,
 Viens-çà; comptons ensemble
Tout ce que tu me dois déjà,
Pour ne plus revenir de nouveau sur cela.

CARON.

Eh bien! comptons, Mercure;
Rien de mieux, je t'assure,

Et de plus sagement concçu ,
Que d'avoir sur ce point un exact aperçu.
(M.) Cinq drachmes tout d'abord pour un ancre achetée,
Et que je t'ai moi-même , un beau soir, apportée ;
T'en souvient-il ? (C.) Oui ; mais.... cela me paraît cher.
   Soit dit pourtant.... sans faire injure
    A l'officieux Mercure.
  (M.) De par Pluton , brave nocher ,
 Je l'achetai cinq drachmes , je te jure :
   Plus , deux oboles pour le cordon
   Qui sert à lier ton aviron.
 (C) Tiens , Mercure , je n'ai pas deux paroles ;
   Posons ici
   Deux drachmes et deux oboles.
(M.) Il m'en a fallu cinq de ces dernières-ci
Pour t'avoir une aiguille à recoudre la toile
   De ta voile.
   (C.) Ajoute encore ceci.
(M.) Plus , de la cire aussi bonne que belle ,
Pour reboucher les fentes et les trous
   De ta nacelle ;
   Item , des clous....
  Et puis de la ficelle
Dont tu t'es fait un câble gros et fort.
Deux drachmes pour le tout. (C) Bravo ! de par la Mort,
  A merveille , mon cher Mercure ;
 Non , mon ami, ce n'est pas trop cher.
  (M.) Voilà toute ma facture ,
   Vénérable nocher
   De l'onde noire....
 C'est tout, dis-je, si ma mémoire
Dans ce compte important n'a su rien oublier.
Mais, quand de tout cela te plaît-il me payer ,
Caron ? (C.) Pour le présent, cela m'est impossible ,
Mon cher Mercure ; à moins que quelque peste horrible ,
Ou quelque affreuse guerre aux enfers abhorrés ,
Ne m'envoie les humains par escadrons serrés.
Sur cette multitude , encombrant ce rivage ,
Il me serait aisé, Minos n'en sachant rien ,
  De faire alors mon petit gain
  En fraudant un peu le naulage.
(M.) Cela posé, Caron , je vais ici m'asseoir,
 Et supplier les dieux de faire choir
  Tous les maux sur la race humaine,
Afin que , n'en déplaise à ta cour souterraine ,

(16)

Je puisse en retirer aussi quelque profit.

(C.) Ma foi, c'est fort bien dit,
Mon cher Mercure;
Et ce n'est qu'ainsi, je te jure,

Que tu pourras en plein recevoir ton paiement;
Car peu de monde à présent,

Comme tu le vois trop, sur cette rive obscure,
Porte ses pas vers nous :

La paix, la douce paix comble les vœux de tous.
(M.) Tant mieux, Caron, tant mieux! dussé-je attendre
Encor long-temps ce que tu dois me rendre.

Ah! quelle différence aux anciens, cher Caron!
Dieux, quelles gens c'étaient! ils arrivaient en foule....
Sous masque de valeur n'ayant point cœur de poule,
Comme ceux d'à présent, dit-on;

Mais on les voyait tous,... tu le sais, bon vieillard,
Robustes pleins de sang, blessés pour la plupart....
Maintenant ce sont gens apportant dans leurs veines
Les poisons que leurs fils ou leurs tendres Hélènes,
Leur ont adroitement la veille inoculés;
Ou bien ce ne sont plus que ventres boursouflés,
Que membres rachitiques,

Et jambes de fuseaux : QuA'donis éclopés
Et Vénus hydropiques....
Par l'abus seul des voluptés....

Sans compter les véreux, pâles, dissous, étiques,
Ne ressemblant en rien à leurs aïeux cités.
D'ailleurs, pour la plupart de ces francs hébétés,
Tous à cause de leur pécune,
Qu'ils appellent fortune,
Ici, chacun de ces mortels

Arrive en se tendant des pièges mutuels,
Et cela, disent-ils, pour du beau numéraire.
(C.) Hom! L'argent passe tout. (M.) En ce cas, pour l'affaire
Dont s'agit entre nous, et pour mes intérêts,
Brave Caron, ne trouvez pas mauvais

Qu'afin d'être payé de mon juste salaire,
Fussiez-vous le grand Jupin, mon père,

Je vous fasse aujourd'hui pour le moins un procès.

F I N.

Nota. Il y a beaucoup d'autres charmans Dialogues de Lucien,
au moins aussi enjoués que ces deux-ci; je les donnerai au public
de la même manière que les précédens, s'ils peuvent lui être
agréables, et ces deux-ci formeront le Ier. cahier de la collection.